Einkehr

Erinnerungen der letzten Wirtin ans

Bahnhofbuffet Arth-Goldau

Silvia Steffen-Simon

Bibliografische Information der Deutschen Nationalbibliothek: Die Deutsche Nationalbibliothek verzeichnet diese Publikation in der Deutschen Nationalbibliografie; detaillierte bibliografische Daten sind im Internet über dnb.dnb.de abrufbar.

Cover: Ursina Steffen
Layout: Carolina Faria
Herstellung und Verlag: BoD – Books on Demand, Norderstedt

ISBN: 978-3-7543-7914-1

«Wo man die Rigi nicht sieht,
kann man nicht glücklich sein.»

Silvia Steffen-Simon

Liebe Silvia

Ich lese in der Zeitung von dir und das bewegt mich sehr. Schön, dass du den Abschluss des Bahnhofbuffetbetriebes Goldau der langen Ära Simon, zusammen mit Herrn Gemahl, so kompetent innehattest. Viel hast du erfahren, gelernt und vielleicht auch geschluckt. Auch den Beginn durch meinen Grossvater Carl Simon mit der grossen Familie war sicher nicht leicht, aber 1881 unter ganz anderen Umständen. Sie wechselten vom Hotel Rigi in Immensee, wo meine Mutter geboren wurde, nach Goldau und übernahmen das Bahnhofbuffet zur Eröffnung der Gotthardbahn. Mama erzählte uns, dass der Mietvertrag von Bern auf C. Simon als Pintenwirt lautete. Der Erste Weltkrieg von 1914 bis 1918 und der anschliessende Generalstreik des SBB Fahrpersonals brachten auch für das Buffet heikle Situationen. Mein Vater, Souschef und Stationsbeamter, wurde sicherheitshalber vom Militär, Soldaten mit aufgepflanztem Bajonett, zum Dienst im Bahnhof abgeholt und wieder ins «Mon Abri», wo wir wohnten, zurückbegleitet. Das alles gab natürlich Auswirkungen im Bahnhofbuffet, und der Landjäger, wie man den einzigen Polizisten in Goldau nannte, hatte es nicht immer leicht. Ich war damals sechs Jahre alt und habe meine speziellen Erinnerungen, eben kindliche, ans Buffet.

Da es ja im Betrieb viel Abfälle gab, hielt mein Grossvater einen kleinen Schweinestall mit ein, zwei Schweinen im Areal, wo Onkel August wohnte. Meine Mama hattte auch nichts fortgeworfen und alles in einem Kesseli gesammelt, welches Elsy und ich jeweils in die Küche vom Bahnhofbuffet bringen mussten. Jedes Mal erhielten wir von Onkel August oder Edwin ein Schächteli Choco-Zigarettli und oft durften wir die Dessertpfanne ausschlecken. Anfangs war Onkel Carl, der später in Zürich ein Kino führte, als Koch tätig. So waren alle Kinder, ausser Onkel Alfred, der in Bern ein Messerschmiede-Atelier führte, im Betrieb tätig, gegen ein Sackgeld.

Es geht noch weiter mit Erinnerungen. Mama hat uns von ihren Erlebnissen erzählt. Sie arbeitete viel mit Tante Marie im Buffet und mochte sie sehr gut. Hin und wieder gab es Streitigkeiten unter Betrunkenen und es war nicht leicht, diese Leute zu beruhigen oder zum Buffet hinaus zu befördern. Aber sie hatte wie immer gute Ideen. Da rief sie: «Es brennt, es brennt!», und alles begab sich ins Freie. Sie aber verriegelte die Türen und es gab keinen Einlass mehr diesen Abend.

Wenn es dich nicht langweilt, möchte ich noch weitererzählen. Der Grosspapa war ja sehr fortschrittlich und weltgewandt. Er besass das erste Auto im Kanton Schwyz und die erste Telefonverbindung, aber nur vom «Mon Abri» ins Buffet. Er erkundigte sich täglich nach dem Menü im Bahnhof. Ein Büsschen brachte ihm das Mittagessen immer in die Kantine. Grossvater hatte Ischias und ging an Krücken. So mussten Elsy oder ich ihm beim Essen, am runden Tisch voller Zeitungen, behilflich sein. Zuerst auf dem Weingeistflämmchen die Suppe wärmen, Geschirr schön hinstellen, Serviette, Brot durfte nicht fehlen, Wein, Wasser einschenken. Alles aufheben, was etwa auf den Boden fiel. Gab es ein festes Ei, hat er mit dem Löffel nur das Gelbe herausgestochen und wir durften die Eierschalen ausschaben. Dann kam das Dessert. Er versuchte ein Löffeli voll und wir bekamen den Rest. Das war natürlich der erwartete, süsse Moment. Vom Tisch weg auf die Toilette durfte man ja nicht. Jetzt kam das Abräumen, weisst du wie? Alles auf einmal hinaustragen in die Küche, also ja keine unnützen Gänge. Messer, Gabel und Löffel hat er mir in die langen Zöpfe gesteckt, die Suppenkelle am Rockgurt aufgehängt, um die beiden Hände für das Geschirr frei zu haben. So musste alles in einem Gang in die Küche geschafft werden. Dann musste man den Papierkorb durchsuchen und schauen, ob irgendwelche Inserate «Köchin gesucht» dabei waren. Da wir noch nicht lesen konnten, haben wir nur nach «ö» gesucht und aussortiert. Dann mussten wir aufs Kanapee sitzen und es gab noch ein paar knifflige Fragen: «In welches Buch habe ich gestern eine Banknote gelegt?» Das interessierte mich weniger als das Dessert. «Aha! Nicht aufgepasst! Gib mir dort das zweite Buch.» – Oder: «Meiteli hol mir die Stulpen.» Ich brachte ihm die Krücken, aber ich hätte die Manschetten bringen sollen, und so weiter. Er kontrollierte immer, ob man aufpasst und überlegt. Auch nannte er uns immer: «Ihr seid alle zukünftige Schwiegermütter!» Das verstand ich natürlich nicht so auf Anhieb. Auch mussten wir im weissen Schübeli am Sonntag dem Grossvater einen guten Tag wünschen gehen, dann gab es einen grossen Sack mit frischen Weggli.

Nun zum Neujahr. Mögest du auf Lorbeeren ausruhen können. Dich guter Gesundheit erfreuen. Sicher war der Jahreswechsel nicht leicht für dich, auch für uns nicht. Dass Hedy so knapp vor Weihnachten gestorben ist, hat uns traurig gestimmt und wir vermissen es sehr. Hoffen wir, dass das neue Jahr Glück und Heiterkeit bringt und uns wieder froh macht. Ich bin lang geworden, aber weisst du, das Bahnhofbuffet war so wichtig in meinem Leben. Ich wünsche dir und Herrn Gemahl alles Gute und grüsse dich herzlich.

Tante Päuly und Familie

Pauline «Päuly» Fischler war die Cousine von August Simon Junior, dem Vater von Silvia Steffen-Simon. Dieser Brief erreichte Silvia im Januar 2001, wenige Tage nach der Schliessung des Bahnhofbuffets Arth-Goldau.

Vorwort   15

Die wiederkehrenden Gäste   19

Einmalige Vorkommnisse   35

Goldau mittendrin: Von Regierungsräten und   43
Kriminellen

Mein Leben als Wirtin   55

Eine Geschichte aus der Kindheit   69

Der Abschluss   71

Nachtrag   75

Vorwort

Meine Grosseltern Silvia und Rudolf Steffen-Simon wirteten im Bahnhofbuffet Arth-Goldau ab 1978 bis zu dessen Schliessung im Jahr 2000. Er als Küchenchef, sie zuständig für das Büro und vor allem als Wirtin, stets in Kontakt mit den Gästen. Bei «Somami» und «Babap» durften meine Schwestern und ich als Kinder im Buffet viele grossartige Erinnerungen sammeln. Eine warme Ovomaltine aufschäumen oder sich bei Babaps Chicken-Nuggets direkt in der Küche bedienen, gehörten zu den Favoriten. Meine liebste Erinnerung bleibt der Zwischenstopp im Buffet auf dem damaligen Schulweg. Dort holte ich mir kurz vor dem Mittagessen ein Glace und Paprikachips. Ein Traum für mich, ein Albtraum für meine Mutter, die zuhause gekocht hatte. Heute denkt die ganze Familie gerne an die Buffetzeit zurück. Noch besser wird es, wenn Somami beginnt, Geschichten zu erzählen.

Erst als Erwachsene begann ich zu begreifen, wie stark meine Familie mit Goldau, dem Bahnhof und dessen Geschichte verbunden ist. Meine Vorfahren väterlicherseits, die Familie Simon, führten das Bahnhofbuffet über Jahrzehnte hinweg. Meine Grosseltern repräsentierten bereits die vierte Generation der «Buffetdynastie».

Heute gibt es kein Buffet mehr am Bahnhof Arth-Goldau. In der alten Buffethalle ist nun ein Coop eingemietet. Wenn ich heute dort einkaufe, blicke ich hoch zur verzierten Decke. Hier liegen 118 Jahre historischer Buffetbetrieb, tief verbunden mit meiner Familie.

Zwanzig Jahre nach der Schliessung, als im März 2020 aufgrund der weltweiten Coronakrise der Lockdown ausgerufen wurde, hatte meine Grossmutter viel Zeit. Somami erinnerte sich an den Brief von Tante Päuly vom Januar 2001. Dieser Brief bewegte sie dazu, ihre eigenen Gedanken und Erinnerungen an die vielen vergangenen Buffetjahre aufzuschreiben. Sie bat mich, ihre handgeschriebenen Notizen am Computer abzutippen. Dies war der Anfang von einem ganz persönlichen Projekt, zusammen mit meinen Schwestern Patricia und Silvana. Das Ergebnis ist dieses Buch.

Für mich sind diese Erinnerungen nicht nur ein Stück Familiengeschichte, sondern sie sind die wertvolle Konservierung von Erinnerungen der letzten Wirtin des Bahnhofbuffets Arth-Goldau. Es liegt mir sehr am Herzen, die Geschichten detailgetreu und gemäss den Originalerzählungen meiner Grossmutter wiederzugeben. Das Buch beinhaltet viele Anekdoten, genauso wie sie von Somami handschriftlich notiert worden sind. Ich bitte die Leserin, den Leser, an der einen oder anderen Stelle die politische und sprachliche Korrektheit der gewählten Ausführungen gemäss dem damaligen Zeitgeist in Relation zu setzen. Die Namen von Privatpersonen wurden anonymisiert. Viel Vergnügen.

Ursina Steffen

Die wiederkehrenden Gäste

Verdienen tust du an denen, die trinken

Die Szene kennt man aus dem Film: Einhändig wischt der betrunkene, aufbrausende Mann ein Dutzend Gläser vom Tresen. Solche Szenen gab es auch in Goldau. Gäste, die nichts Besseres wussten, als die Stange Bier an die Decke hoch zu schmeissen. Konsequenzen gäbe es dann schon, wenn man den Gästen kein Bier mehr ausschenke, dann komme der Herr Regierungsrat. Viele solche leere Drohungen wurden mir gegenüber gemacht. Wahres war da nichts dran. Solche Typen kamen sporadisch und verschwanden auch wieder. Aus Goldau, aus der Umgebung oder von weiter her, von Zürich. Egal wer, egal von wo, wenn es laut wurde, habe ich eingegriffen.

Früher gab es den Zahltag am Ende des Monats noch in einem kleinen Säckli. Statt es nach Hause zu bringen, wurde das Geld gerne mal Anfang des Monats im Buffet versoffen. Auf der einen Seite gab es die Schmarotzer und auf der anderen Seite jene, die einfach gerne zahlten, um sich wichtig zu machen. Dann gab es mal wieder Streit. Der Maler Normando wurde wütend, weil er zu Neujahr nur eine Uhr vom Geschäft bekam. Im Buffet am runden Tisch, nach ein zwei Bierchen, nahm er die Uhr vom Handgelenk, schmiss sie auf den Boden und zertrampelte sie. Nur Bares ist Wahres.

Es gab auch die Frauen. Sie kamen, um ihre Männer abzuholen. Oft schellte das Telefon, ob die Mannen mit ihrem Zahltag im Buffet seien. Als die Frauen kamen, nahmen sie ihre Männer und was vom Zahltag übrig war mit nach Hause. In diesen Szenen sah ich mich selbst nie als Wirtin, betrunkenen Gästen gab ich selten noch mehr. Wollten die Gäste davon nichts hören, schenkte ich manchmal alkoholfreies Bier in die Stange. Mein Mann Ruedi meinte jeweils: «Verdienen tust du an denen, die trinken und nicht an den anderen.» Das war aber nie meine Art, ich kannte die Konsequenzen von Alkohol zu gut. Vorne, da stand ja ich, ich habe aufgeräumt.

Drei Stammtische

Früher war in den Bahnhofbuffets üblich, was bis heute im Zug gilt: Es gab in der Gaststätte eine erste und zweite Klasse, die Gäste sassen getrennt. Im alten Buffet hatten wir in der zweiten Klasse drei Stammtische, einen für die Schweizer, einen für die Italiener und einen für die Jugoslawen. Im Grossen und Ganzen ging es friedlich zu und her. Ein Auge darauf gehalten habe ich trotzdem immer, weil es hin und wieder Differenzen gab. In der zweiten

Der neue runde Stammtisch nach dem Umbau (Foto: Bruno Lienhard)

Klasse war nach dem Umbau ein grosser runder Stammtisch um die verzierte Säule herum gebaut worden. Hier
sass alles gemischt, Jung und Alt und alle Nationen. Es
ging manchmal hoch zu und her, doch die Probleme wurden immer irgendwie gelöst. Wenn es ganz schlimm war,
nahm ich Bachblüten-Notfalltropfen, um die Streithäh-
ne auseinander zu bringen. Ich sagte immer: «Draussen
könnt ihr euch solange ihr wollt zusammenschlagen, aber
nicht hier im Lokal.»

Von Freunden und treuen Gästen

Da gab es ein Ehepaar aus Rapperswil. Sie nahmen
jeden Sonntag bei uns das Mittagessen ein. Er hatte eine
Schreinerei für Antiquitätenmöbel, sie war Hausfrau.
Sonntag für Sonntag kamen sie und man lernte mit der
Zeit, in welcher Laune sie waren. Wütend oder zänkisch
miteinander, ich sah es sofort. Wenn das Ehepaar nicht
kam, meldeten sie sich ab. So konnten wir ihren Tisch
freigeben. Das war ohnehin ein Phänomen, die Leute
sassen stets am selben Tisch. Als wir das Erst- und
Zweitklassen-System auflösten, wurde das Lokal neu
aufgeteilt. Ein fertiges Puff war das. Die Leute mussten sich
zuerst sammeln, bis sie wieder einen Stammplatz gefunden
hatten. Mit den «Rapperswilern» entwickelte sich über
die Zeit eine Freundschaft und ihr Generalabonnement
haben sie bestimmt auch rausgeschlagen. Sie reisten stets
nach Bellinzona weiter, hin und zurück, vier Stunden
Zug fahren, um dort einen Espresso zu trinken. Natürlich

schauten sie bei der Rückfahrt noch einmal bei uns vorbei. Es waren wirklich treue Gäste.

Täglich ane retour
Jeden Morgen bei Wind und Wetter kam ein Herr aus Weggis. Er lebte dort im Altersheim. Er fuhr abwechslungsweise jeden Tag entweder nach Arosa oder ins Tessin. Am meisten faszinierte es ihn, dass es überhaupt möglich war, ohne Halt bis Bellinzona zu fahren. Das tat er auch, wieder und wieder. Er kam am Abend nochmals, wobei er immer einen Milchkaffee und ein Linzertörtli bestellte.

Der Rigitüfel
Vorweg ein Auszug aus dem Buch «Rigibilder» von Anton Blum-Rickenbacher, 1921:

«Im Restiwald, oberhalb dem Rigi-Dächli, liegt hart am alten Wallfahrtsweg ein schwarzer Marmorstein, so gross wie ein Ofen. Man erblickt darin noch die Krallen, die der Teufel dereinst in grosser Wut eingedrückt hat. Das ging so:

In derselben Zeit, wo die Wallfahrt zum wundertätigen Gnadenbild «Maria zum Schnee» immer mehr zunahm, war die alte, aus Holz gebaute Kapelle zu klein geworden für die Älpler und vielen frommen Wallfahrer, die zahlreich zu dem Heiligtume pilgerten. Man beschloss deshalb, eine neue grössere Kapelle zu bauen. Stein und Holz hatte man genug in der Nähe und Kalksteine, um Kalk zum Mauerwerk zu brennen, gab es in der Resti. Dort baute man deshalb einen Kalkofen. Allein der Teufel war von jeher ein grosser Feind des lieben Heilandes und so ärgerte er sich und suchte die Sache auf jede Art und Weise zu hintertreiben. So auch hier. Fast war der Kalkofen fertig gebaut, so kam der Teufel mit einem mächtigen Stein daher, den er auf Kulm gefunden hatte und wollte damit den Ofen zusammenschlagen. Wie er eben im Begriff war, den Stein mit beiden Händen auf den Ofen niederzuwerfen, kam den Berg herauf ein altes Mütterlein dazu, das ob dem wilden Gesellen gar grüseli erschrocken war und ihm zurief: «Jesus Maria, was machid ihr au!» Kaum hatte der Satan das gehört, so musste der fliehen und flüchtete mit grossem Gepolter und Gestank ins Tobel hinunter. An der Resti, der Kräbelwand gegenüber, liegt heute noch der Stein an derselben Stelle. Vom Satan her und seinem glühenden Atem ist er so schwarz geworden und die Spur seiner Krallen sind ihm geblieben bis auf den heutigen Tag.»

Ins Bahnhofbuffet kam ein Gast aus Zug. Jeden Tag kam er zweimal, auf dem Hin- und auf dem Rückweg von der Rigi. Gross, breit und schwarzhaarig war er eine furchteinflössende Gestalt. Viel gesprochen hat er nicht, bestellt hat er auch nicht. Man stellte ihm den Milchkaffee und das Gipfeli einfach hin, er legte das Geld auf den Tisch und ging wieder. Böse schaute der, immer sehr verschlossen. Wenn man ihn nicht sofort bediente, ging er in voller Wut und ohne Milchkaffee wieder raus. Es war der Rigitüfel.

Guter Milchkaffee musste es sein

Pünktlich wie ein Wecker fuhr ein silberner VW Golf mit Zuger Nummer vor, ein Ehepaar. Bestellen tat immer nur der Herr. Seine Schale dunkel musste um Punkt 15 Uhr auf dem Tisch stehen. Seine Frau kam in den ganzen Jahren nie ins Lokal hinein, sie ging mit dem Hündlein spazieren. Er war so zufrieden mit unserem Personal, dass er mir an Weihnachten eine 500er-Note übergab, ich durfte diese ans Personal verteilen. Grosszügige Dankbarkeit.

Schüblig zum Dessert

Bei dieser Dame blieb uns nur noch das Staunen, kaum zu begreifen war das. Die ältere Frau aus der Ostschweiz kam dreimal Mal pro Woche bei uns zum Mittagessen vorbei. Sie sah aus wie eine richtige Bauernfrau. Den geflochtenen Zopf trug sie als Haarkranz rund um den Kopf. Sie trug keine anständigen Schuhe an den Füssen und überhaupt war ihre Kleiderordnung seltsam. Sie hatte keine Ahnung davon, wie man sich geschmackvoll anzuziehen hatte. Die Dame war etwas vergesslich. Nach dem üppigen, bereits verzehrten Menü bestellte sie oben

Zu Gast im Buffet Arth-Goldau (Foto: Bruno Lienhard)

drauf noch einen Schüblig mit Kartoffelsalat. Gegessen hat sie immer alles. Sie sass da, nahm sich Zeit, Biss für Biss und musste bestimmt nie hungrig heimkehren.

Der berühmte Schnitzelteller

Vor dem Bau der Kantine für die Berufsschüler hatten wir über Mittag immer einen «Wahnsinnsbetrieb». Die Schüler brauchten Essen, alle auf einmal, schnell kommen und schnell wieder gehen. Um 12 Uhr war das ganze Lokal besetzt und oft mussten wir zusätzlich den Saal öffnen. Der Schnitzelteller war natürlich der Hit. Bis dieser auf dem Tisch stand, assen die jungen Leute zwei, drei Körbli Brot gegen den grössten Hunger. Wir hatten dafür extra eine zusätzliche Serviertochter eingestellt, welche die ganzen Bestellungen der Schüler aufnehmen und an die Küche weiterleiten sollte. Bei diesem Ansturm bekam die Serviertochter Panik und verschwand. Sie fuhr einfach mit dem nächsten Zug nach Hause. Natürlich war es für die anderen Mitarbeitenden nun schwierig, die Bestellungen, welche die Serviertochter zuvor aufgenommen hatte, den richtigen Tischen zuzuordnen.

Doch noch heute gibt es Rückmeldungen von den damaligen Schülern: «Sie sind doch von Goldau? Das Buffet? Wissen Sie, ich kam bei Ihnen immer als Schüler vorbei.» Das Bahnhofbuffet scheint gut in Erinnerung zu sein. Ich sage: Ende gut, alles gut.

Café Complet

Regelmässig, bestimmt zwei bis drei Mal in der Woche, besuchte uns ein Mann aus Luzern. Mittlere Statur, selbstgestrickter Pullover. Er war bestimmt ein Einzelgänger, ich habe es ihm einfach angesehen. Immer ruhig und im Frieden, solange man ihn gut bediente. Wir nannten ihn den «Complet-Mann». Zu jeder möglichen Tageszeit bestellte er ein Frühstück. Es musste bestehen aus Brot, mindestens drei Körbli, dann schwarze Konfitüre, Butter und eine grosse Portion Milchkaffee. Dauerte es zu lange, wurde er übelzeitig, ungeduldig und wütend. Er bestellte nie alles auf einmal. Nein, man lief zum Tisch: «Was dürfen wir Ihnen bringen?», «Brot.» Brachte man das Brot, so wollte er etwas Konfitüre. Brachte man diese, wünschte er noch ein zusätzliches Stück Butter, dann gerne nochmals Brot. Alles wurde nacheinander als Supplement bestellt. En Guete.

Der traurige Käse-Mann

Als Wirtin fragt man die Gäste ja immer das Gleiche: «Grüezi, guten Morgen, wie geht es? Geht es gut?» Jeden Sonntag, pünktlich mit der Ankunft des Voralpenexpresses um 11.30 Uhr, besuchte uns ein älterer Herr aus der Ostschweiz. Sein Wunsch war immer der gleiche: Eine Portion Tilsiter und eine Tasse Milchkaffee. Auch ihn fragte ich stets: «Grüezi, geht es gut?» An diesem Sonntag war er traurig. Er erzählte mir, dass sein Sohn vor einigen Tagen ganz plötzlich verstorben sei. Es waren Leute wie er, die kamen, um zu erzählen. Dinge, die man sonst Fremden nicht einfach mitteilen konnte. Man läuft ja schliesslich nicht auf der Strasse rum und erzählt: «Gestern ist mein Sohn gestorben.» Und doch wollten sie es loswerden. Es gab ihnen eine Art Befreiung, das habe ich immer gemerkt. Ich konnte den Herrn aus der Ostschweiz dann ein wenig trösten.

Telefonische Bestellungen

Die Mitarbeitenden der SBB riefen uns aus Bellinzona an und bestellten eine Speckrösti oder einen heissen Cervelat, der zu einer bestimmten Zeit auf dem Tisch stehen sollte. Die Pausen des Zugpersonals waren kurz und der Hunger gross. Fahrplanmässig trafen sie ein und genauso planmässig stand das Mittagessen auf dem Tisch. Das hat immer gut geklappt.

Der grüne Ansturm

Das Militär war im Bahnhofbuffet gern gesehen. Die Rekruten kamen bei uns vorbei, wenn sie ins Tessin einrücken mussten. Es waren immer viele Rekruten, natürlich alle auf einmal, gemäss Zugfahrplan. Eine ältere Aushilfsserviertochter nahm jeweils eine Beruhigungstablette, um den Ansturm besser zu überstehen. Einmal, ein Kellner, eine Serviertochter und ich waren da, als zuerst einige Soldaten herein kamen und dann immer mehr und mehr. Zum Schluss waren es sicher an die hundert Soldaten. Der Bierhahn war ohne Unterbruch in Betrieb, die Kaffeemaschine lief auf Hochtouren. Alle wurden bedient und ans Bonieren war nicht zu denken. Wir haben das eingenommene Geld in ein Portemonnaie gelegt und am Ende des Tages beim Kassensturz pauschal abgerechnet. Wir waren danach wirklich erschöpft. Man stelle sich vor, du stehst da und auf einmal kommen massenweise Soldaten rein und alle wollen etwas von dir. Möglichst schnell, kaum ausgetrunken gleich bezahlen, gleich wieder gehen. Jeden Samstag, 17 Wochen lang, denn so lange dauerte die Rekrutenschule jeweils. Wir wussten es ja, aber es wurde dadurch nicht weniger anstrengend. Unsere Serviertochter hat schon eine halbe Stunde vorher gezittert. Noch heute habe ich einen wiederkehrenden Traum: Ich schliesse die Tür vom Buffet auf der einen Seite ab, aber die Gäste laufen nun auf der anderen Seite rein. Ich laufe hinüber, schliesse dort ab, aber sie kommen wieder auf der anderen Seite rein und wollen bedient werden. Ich rufe: «Feierabend, fertig isch!» Am Schluss habe ich trotzdem wieder gewirtet. Ich träume von grossen Tischen, von den Gästen. Es war halt unser Alltag.

Zigarette inklusive

Ein kleines Männlein schaute Tag für Tag zur Tür hinein und prüfte wachen Blickes genau: Ist der Kellner Jasin da? Wenn nicht, dann lief er zurück zur Rigi-Bahn, wo er seit Jahren arbeitete. War Jasin da, ja dann kam das Männlein herein und bestellte seinen Kaffee, sofern er Geld hatte. Er bekam auch eine Zigarette von Jasin, lohnen musste es sich ja.

Bis sie nicht mehr wiederkamen

Ein treuer Gast aus Arth genoss jeden Nachmittag ein oder auch zwei Chübeli Bier. Ein zufriedener Bürger war der, kam praktisch jeden Tag. Er war ein Einzelgänger, sass immer allein an seinem Tisch. Gegen Ende des Monats wurde bei ihm meistens das Geld knapp, dafür hatte er Kredit bei den Kellnern. Pünktlich wenn die AHV ausbezahlt wurde, kam er, um seine Schulden zu bezahlen. Auch an diesem Tag war es so. Er bezahlte seine Schulden, nahm einen Schluck von seinem Chübeli, atmete dreimal tief ein und aus und ist am Tisch sitzend gestorben. Wir wurden alle sehr nervös, man musste handeln. Ich habe den Toten mit einem weissen Tischtuch zugedeckt. Die anderen Gäste reagierten jeder auf seine Weise. Einige assen ruhig weiter, als wäre nichts geschehen und andere verliessen den Raum fluchtartig. Als neue Leute durch die Flügeltüren kamen, bat ich sie auf der anderen Seite des Lokals Platz zu nehmen. Doch meinten einige, diese Seite sei ihnen zu rauchig, zu voll. Ich konnte nicht widerstehen und antwortete: «Möchtet ihr lieber bei einem Toten sitzen oder doch lieber bei den Rauchern?»

Artikel über die Bahnhofbuffets in der *New York Times* von
Israel Shenker, erschienen am 8. Januar 1989

Einmalige Vorkommnisse

Berühmt bis nach Amerika

Einmal kam ein Ehepaar, es waren Amerikaner. Ohne auch nur einen Blick in die Karte zu werfen, bestellten sie: «The Gerstensuppe.» Ich musste ihnen erklären: «Im Moment haben wir keine Gerstensuppe.» «Doch! In der New York Times haben wir gelesen, im Buffet Arth-Goldau gibt es die beste Gerstensuppe», meinten die Amerikaner. Im absoluten Unwissen über diesen Fakt sagte ich ihnen, sie können am nächsten Tag wiederkommen, dann kochen wir für sie unsere Gerstensuppe. Am nächsten Tag sassen sie wieder da und bekamen ihre, bis in die New York Times berühmte, Gerstensuppe.

In der New York Times vom 8. Januar 1989 ist zu lesen:

«(...) In the buffet at Arth-Goldau, I fall into the charms of Gerstensuppe – a barley brew that can make a man forsake all others. The patronne herself graciously ladles it out. I am about to order Geschnetzeltes Kalbfleisch Zürcher Art mit Rösti, but suddenly notice that my train leaves in exactly four minutes. Alas, there are the buffets of fate.»

«(...) Im Buffet in Arth-Goldau verfalle ich dem Charme der Gerstensuppe – ein Gerstenbräu, das einen Mann dazu bringen kann, alles andere aufzugeben. Die Patronin selbst schöpft sie anmutig aus. Ich bin kurz davor, Geschnetzeltes Kalbfleisch Zürcher Art mit Rösti zu bestellen, merke aber plötzlich, dass mein Zug in genau vier Minuten abfährt. Ach, die Qual der Wahl im Buffet.»

Propaganda im Buffet

Eines Tages bekam ich eine Anfrage eines Tamilen, er möchte den Saal für eine Sitzung reservieren. Ohne mir viele Gedanken über den möglichen Gegenstand dieser Sitzung zu machen, sagte ich dem Herrn zu. Aufgrund seiner Anfrage habe ich fünf bis zehn Personen erwartet. Am Tag der Sitzung kamen einige Tamilen und dann immer mehr. Am Schluss sassen 100 Tamilen im Saal. Sie stellten allerhand Filmmaterial auf und spielten laute Musik. Es stellte sich schnell heraus, dass der Anlass eine Sitzung eines Ablegers der Tamil-Tigers war, einer paramilitärischen Organisation aus Sri Lanka. Im Buffet Goldau wurden Kriegsfilme gezeigt und Propaganda für ihre Partei und ihre Forderungen gemacht. Die Atmosphäre war hochexplosiv. Wir wussten in der Tat nicht, ob es unter den Leuten auch Gegenspieler gab. Als sich die Versammlung am Abend friedlich auflöste, war ich von Herzen froh. Dieses Mal ging es glimpflich aus, doch ab sofort wurden wir vorsichtiger. Ich beschloss, dass wir nun immer nachfragen sollten, um was für Sitzungen es sich handelte, die in unserem Buffetsaal abgehalten werden.

500 Westschweizer

Wieder eine andere Geschichte war, als an einem Sonntag 500 Gäste aus der Westschweiz nach Goldau kamen. Sie besuchten den Tierpark und hospitierten um die Mittagszeit in den verschiedenen Restaurants, die das Dorf Goldau zu bieten hatte. Wir selbst waren bis auf den letzten Platz ausgebucht. Sprachliche Schwierigkeiten gab es beim Aufnehmen der Bestellungen. Erklär mal einem Welschen in Französisch, was Fleischkäse ist. An jenem Tag war mein Mann Ruedi Chef de Service, in einem wunderschönen dunkelblauen Anzug mit Krawatte. Am Anfang nahm er noch Bestellungen auf und leitete sie an die Küche weiter. Am Schluss stand er selbst in der Küche und half fleissig mit, all den Wünschen gerecht zu werden. Er und unsere Köche hatten gemeinsam eine grossartige Leistung vollbracht. Und die Gäste konnten ohne Hunger die Heimreise antreten.

Das Attentat von Bologna

In den Sommermonaten strömten massenhaft Touristen nach Goldau, um in den Adria-Express umzusteigen. Jeweils am Freitag und Samstag beförderte dieser Zug Feriengäste in den Süden an die Küste von Italien. Auf der Rückreise machten die Feriengäste jeweils wieder Halt, stets an einem Sonntagmorgen. Die Gäste waren meist sehr ungeduldig, wollten nie lange auf ihre Tasse Milchkaffee oder ihr Café Complet warten. Doch an einem Sonntag war plötzlich alles anders. Alle Gäste waren sehr ruhig, ganz geduldig. Ohne viele Worte warteten sie auf ihren Milchkaffee. Ich konnte nur staunen und hatte keine Erklärung dafür. Später hörte ich im Radio von dem Attentat im Bahnhof Bologna. Am Morgen des 2. August 1980 detonierte im überfüllten Wartesaal des Hauptbahnhofs Bologna ein abgestellter Koffer. Die versteckte Zeitbombe zerstörte den westlichen Flügel des Empfangsgebäudes und den Zug auf Gleis 1, der normalerweise zwischen Ancona und Chiasso unterwegs war. Die Stadt war voller Touristen an jenem Tag, viele auf der An- oder Abreise. Unsere Buffetgäste an jenem Sonntagmorgen hatten das Attentat hautnah miterlebt. Sie waren nicht ausserordentlich ruhig oder geduldig, sondern schlicht erstarrt und ausgesprochen geschockt.

Der Fünfliber-Tag

Die SBB bot früher den so genannten Fünfliber-Tag an. Für nur fünf Franken konnte man den vollen Tag in der ganzen Schweiz frei herumfahren. Ein rege genutztes Angebot. Als Ruedi für den Frühdienst in Goldau ankam, war der ganze Perron schwarz von Menschen. Eigentlich waren wir gut vorbereitet, alle Mitarbeitenden waren da und wir hatten genügend eingekauft. Doch einen solchen Ansturm hatten wir noch nie erlebt. Ich hatte frei und war zuhause, als mein Mann mich anrief: «Du musst sofort kommen.» In aller Eile machte ich mich bereit und fuhr nach Goldau ins Buffet. Das Lokal war den ganzen Tag und Abend bis auf den letzten Platz besetzt und wir machten einen Umsatz von drei Tagen. Am Abend waren wir komplett ausverkauft. Die Küche war durchgehend offen, an eine Pause war nicht zu denken. Wie am Laufband haben wir Nussgipfel nachgebacken. Am Abend, als alles vorbei war, hatte ich solche Rückenschmerzen wie noch nie in meinem Leben und konnte nicht verstehen warum. Endlich wieder zuhause, machte ich mich bereit für die Nacht. Da merkte ich, dass ich am Morgen in all der Eile vergessen hatte, einen Büstenhalter anzuziehen. Damit war das Rätsel um meine Rückenschmerzen gelöst, ich im Bett und die Schmerzen am nächsten Tag weg.

Der Sturm Lothar

Es war ein Unwetter, das man in Goldau nicht so schnell vergessen würde. Im Dezember 1999 raste der Orkan Lothar mit unglaublicher Kraft über die Schweiz hinweg. Es war gerade Mittagszeit, als der Sturm uns in Goldau erreichte. Auf dem Bahnhofplatz standen riesige Blumentöpfe, wobei die Erde zwischen den Pflanzen mit lauter kleinen Steinen aufgefüllt und bedeckt war. Der Sturm Lothar wütete an jenem Tag so stark, dass es die Steine aus den Töpfen hoch in die Luft schleuderte und uns förmlich an die grossen Glasscheiben der Buffetfenster jagte. Ich habe nur noch geschrien: «Fenster zu, Rollladen runter!» Die Leute auf den Perrons flüchteten zu uns ins Buffet. Es kam zu einem Stromausfall und nichts ging mehr. Zum Glück kochten wir in der Küche mit Gas und so konnten wir das Mittagessen dennoch servieren. Die Teller mussten aus der Küche im ersten Stock über die Treppe nach unten in die Gaststube gebracht werden, da der Warenlift ausfiel. Auf den Kaffee mussten die Gäste verzichten.

Die Wetterlage beruhigte sich erst gegen den späteren Abend wieder und mit ihr auch die Gäste. Wir selbst machten uns grosse Sorgen um unser Haus in Küssnacht. Den ganzen Tag hatten wir Bammel, doch das Buffet verlassen konnten wir nicht. In diesen Situationen muss man einfach funktionieren, arbeiten. Gott sei Dank war in Küssnacht dann alles in Ordnung.

Verwirrung um die Hühner

Am Anfang war ich als Wirtin schon noch naiv. Wahrscheinlich blieb mir diese Geschichte deshalb im Gedächtnis. Jedes Jahr fand auf dem Rigi Klösterli ein Pistolenschiessen statt. Dieses Jahr war es ein nasskalter, grauer Tag, als eine Gruppe Schützen aus dem Aargau im Garten Platz nahm und ihre Bestellung für Getränke aufgab. Ich ging in den Garten und fragte, ob sie nicht lieber ins Restaurant kommen möchten, es sei doch viel zu kalt

Gartenwirtschaft Buffet Arth-Goldau (Foto: Bruno Lienhard)

hier draussen. Ein Mann aus der Gruppe sagte mir, das gehe nicht, denn sie hätten Hühner dabei. «Hühner stören mich nicht», antwortete ich, und so liessen sie sich gemütlich im Lokal nieder und packten guten Mutes ihre gebratenen Poulets aus. Gut gemeint, wollte der Herr dem Buffet keine Scherereien machen. Gut gemeint, nahmen sie zuerst im Garten Platz. Hinterlassen haben sie dann doch einen Haufen «Material», Knochen von den Poulets. Das waren also die Hühner.

Kräftezehrende fünf Minuten

Am Karfreitag bestellte ein Gast einen Schüblig mit Kartoffelsalat. Es war der Pfarrer aus Steinen. Ich war selbst im Service und war ganz entsetzt, war das doch ein hoher Fastentag. Am Karfreitag darf man kein Fleisch essen, das weiss auch ich als Nicht-Katholikin. Ich fragte den Herrn Pfarrer, ob er das dürfe und er klärte mich auf: «Ich bin eben auf Reisen. Auf Reisen kommt die heilige Ausnahme zum Zug, dass man auch an diesem hohen Feiertag Fleisch essen darf, da man ja bei Kräften bleiben muss.» Noch heute finde ich, die fünf Minuten Zugfahrt von Steinen bis Goldau, das ist einfach keine Reise.

Luftaufnahme Bahnhof Arth-Goldau 1978 (Foto: Privatarchiv)

Goldau mittendrin: Von Regierungsräten und Kriminellen

Alle sind gleich, allen wird zugehört

Bahnhofbuffets waren ein Teil der Schweizer Reisekultur. Militärs auf der Durchreise ins Tessin erinnern sich noch heute an ihre Zugfahrten als Rekruten, genauso wie viele Kinder an die Reisen mit ihren Grosseltern. Immer wieder kam es vor, dass frisch getraute Paare ins Buffet kamen. Ich erinnere mich an einen Mann im Anzug und einem gefälschten Lederkoffer in der Hand, die Frau natürlich in Weiss. Sie fuhren ebenfalls ins Tessin und eine Woche später, nach ihren Flitterwochen, kamen sie erneut zum Milchkaffee im Buffet vorbei.

Neben jungen Soldaten, frisch verheirateten Paaren und Grosseltern mit Grosskindern sassen im Buffet Randständige wie Drogensüchtige. Ich war so gern im Buffet, gern mit den Menschen zusammen. Vor allem von den Randständigen wurde ich sehr respektiert, weil ich sie stets als ganz normale Menschen behandelte, als Gäste wie alle anderen. Ich erinnere mich gut an das, was mir

Eingang Buffet Arth-Goldau (Foto: Bruno Lienhard)

mein Vater schon früh beibrachte. Er sagte mir stets, dass man als Wirt nicht in eine politische Partei sollte, besser sei es, etwas Distanz zu wahren. Da sein für die Leute, ja, aber sich nicht einmischen, so wurde ich erzogen. In all den Jahren im Bahnhofbuffet wurde ich mit vielem konfrontiert, vernahm viel persönliches von den Menschen. Am Sonntagmittag ging ich zwischen den Tischen hindurch und sagte Grüezi zu all den Gästen. Zu hören bekam ich Geschichten von Depressionen, von verstorbenen Verwandten, von Krankheiten. Das Buffet war für viele ein Ort, wo immer jemand zuhörte.

Hugentobler

Grosse Sorge erfüllte mich immer, wenn dieser junge Goldauer bei uns vorbeikam. Ein «Kasten» von einem Mann. Er sah aus wie ein richtiger Schwinger. Dem wollte man nicht in die Quere kommen und oft musste ich zu meinen Bachblüten-Notfalltropfen greifen. Viele Streitereien, immer wegen Kleinigkeiten, ein falsches Wort und explosionsartig war Hugentobler in eine Schlägerei verwickelt. Es ging nie um etwas, nur um die Schlägerei an sich, ums Unruhe stiften. In seinen jungen Jahren störte er jedes Dorffest in Goldau. Auf der Rigi ist er aufgewachsen und hatte einen Vater, dass es einem leid tun konnte. Hugentobler wurde als Kind geschlagen, er hatte eine traurige Jugend. Einmal, das weiss ich noch, wollte er den eigenen Vater verbrennen, das war dorfbekannt. Hugentobler hatte das Elternhaus in Brand gesetzt, der Vater war zum eigenen Glück nicht zuhause. Er war wirklich ein ganz Schlimmer. Immer bereit für einen Streit oder eine Schlägerei, musste ich im Buffet seinetwegen mehrere Male die Polizei um Hilfe bitten. Die hatten jeweils Mühe, Hugentobler zu bändigen. Zwei, drei Polizisten brauchte es, bis sie Hugentobler Handschellen anlegen konnten. Einmal setzten die Polizisten gar Tränengas ein. Im Hauseingang haben sie es versprüht und wir hatten alle tränende Augen.

Ein «Quartalssäufer» war der Hugentobler. Alle paar Monate kam er für zwei volle Wochen nicht aus seinem Rausch raus. Durch den Einsatz von Antabus, einer Arznei, die zur Unterstützung von Alkoholabstinenz eingesetzt wird, reagieren Menschen allergisch auf Alkohol. Knallrot im Gesicht beginnt man beim Konsum von Alkohol zu schwitzen. Mit Antabus wollte man auch Hugentobler etwas bändigen. Doch die Wirkung blieb aus. Stolz war er, dass er trotz Antabus-Implantat Alkohol trinken konnte. Er kam voller Freude am gleichen Tag, an dem er im Spital war, ins Buffet und verkündete: Er habe schon einen Liter Schnaps und eine Flasche Wein getrunken. Er musste eben immer alles herausfordern.

Im Buffet waren wir verpflichtet, ihn zu bedienen. Wenn er einen Kaffee bestellte, so servierten wir ihm Kaffee. Alles andere hätte ohnehin nur für Probleme gesorgt. Geholfen hat, mit ihm zu sprechen. Manchmal musste ich ihn aber am Nacken packen und zur Tür raus bugsieren. Das habe ich gemacht. Als Frau, so mitten im

Geschehen, da hätte mir nie jemand etwas getan, mich hätte niemand geschlagen. Ich hatte nie Angst und genau das wurde respektiert. Ich bin dazwischen getreten und habe gesagt: «Draussen könnt ihr euch solange die Köpfe zusammenschlagen, wie ihr wollt.» Wenn Hugentobler nüchtern war, hatte ich Bedauern mit ihm.

Man hat erkennen können, wie die Weichen seines Lebens vom Elternhaus gestellt worden waren. Ich denke mir, auch Hugentobler war einmal ein Baby und wollte niemandem etwas Böses. Wo Hugentobler heute ist, das weiss ich nicht. Ein Verlorener, eine arme Seele.

Der Männerchor

Meine Mama war sehr verbunden mit dem Männerchor in Goldau, deshalb spielte dieser im Buffet eine massgebliche Rolle. Das Buffet war das Vereinslokal der Gesangsgruppe. Gross prunkte die Fahne vom Männerchor im Fahnenkasten an der Holzwand im Restaurant. Jeden Montagabend wurden die Tische am Rand vom grossen Saal zusammengestellt und die Probe begann. Nach dem Musizieren pflegte man die Kameradschaft, des Öfteren wurde es sehr spät.

Der über viele Jahre gefeierte Kostümball im Buffet wurde ursprünglich vom Männerchor ins Leben gerufen. Der Ball war stets ein wunderbarer, schöner Fasnachtsanlass und die Fasnächtler waren begeistert. Wir haben den Wartesaal jeweils zu einer Kleidergarderobe umfunktioniert und unsere Serviertochter Marie mit der Aufga-

Weihnachtsfeier vom Männerchor im Saal (Foto: Privatarchiv)

be vertraut, die Mäntel entgegenzunehmen. Dabei gab es einige Schwierigkeiten und ein kleineres Chaos entstand, als die Gäste schliesslich selbst ihre Mäntel suchen mussten. Am Morgen waren noch einige Mäntel übrig.

Der Männerchor verwirklichte durchaus oft seine Ideen im Buffet. Einmal stellten sie einen riesigen Christbaum im Saal auf. Er wurde reichlich dekoriert, unter anderem mit Nussgipfeln. In der zweiten Dezemberwoche des Jahres fand jeweils «die letzte Probe» statt. Wir servierten das Nachtessen, immer dasselbe, Neuenburger Saucissons mit Gemüse und Salzkartoffeln. Die Saucissons waren prall gefüllt mit Fett und beim Anschneiden spritzte das Fett die Krawatten der Männer voll. In den letzten Jahren habe ich die Würste vor dem Servieren angestochen und darauf geachtet, dass ich nicht selbst von Kopf bis Fuss in Fett getränkt wurde. Die letzte Probe ging bis lang in die Nacht hinein. Am Schluss reichte man einen leeren Suppenteller durch die Runde und der Kellner bekam den Teller gefüllt mit einem schönen Trinkgeld zurück.

In engster Verbundenheit mit dem Männerchor, wünschte sich Mama zum Schluss ihres langen Lebens für die eigene Beerdigung ein Lumpenlied, gesungen vom Männerchor. Ich kann mich nicht mehr ganz an den Text erinnern, doch ging er irgendwie so: «Ich fahre in den Himmel, Hühnerfutter Schwiegermutter.» Dem Männerchor war es gestattet, das Lied am Grabe vorzutragen, jedoch unter der Bedingung, dass der Pfarrer vorher gehen durfte. Der Männerchor blieb uns bis zur Schliessung des Buffets treu.

Centro Italiano

Bevor das spätere Stammlokal der Italiener in Goldau, das Centro Italiano, gebaut wurde, trafen sich jeden Sonntagmorgen an die dreissig Italiener zum Jassen bei uns im Buffet. Es waren vor allem Süditaliener. Die meisten waren Handwerker, Maler und Gipser. Im Spiel waren sie mit den Nerven und emotional immer voll dabei. Obwohl es verboten war, wurde hie und da um Geld gespielt. Gebüsst hätte die Polizei die Gäste und uns ebenso, um Geld zu spielen war nicht statthaft. Gejasst wurde bis in die Nacht hinein und die Versammlung löste sich erst auf, als die Frauen ihre Männer nach Hause holten. Es waren ausschliesslich Männer, die spielten und der Lärmpegel war entsprechend hoch. Schlimmer noch war die Raucherei. Die Lüftung hatte keine Chance und wir waren deshalb fast froh, als sie später ins Centro Italiano im Oberdorf zogen.

Wädi, Clochard auf Gleisen

Wädi hatte ein GA, dafür keine Wohnung und auch kein Zimmer. Stattdessen belegte er ein Schliessfach im Bahnhof Zürich und deponierte dort seine Habseligkeiten. Sein Tagesablauf war folgender: Zugfahrt auf der Strecke Zürich–Goldau und anschliessend mit dem

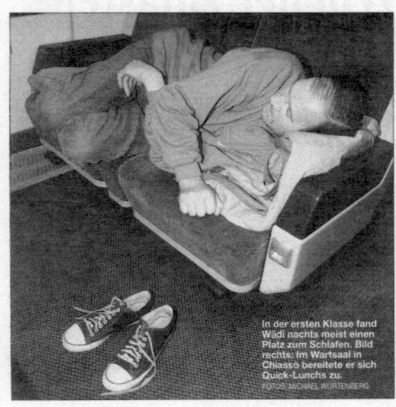

In der ersten Klasse fand Wädi nachts meist einen Platz zum Schlafen. Bild rechts: Im Wartsaal in Chiasso bereitete er sich Quick-Lunchs zu.
FOTOS: MICHAEL WÜRTENBERG

Nur in der Eisenbahn war Wädi zu Hause

Artikel über Wädi nach seinem Tod im *Blick* von Martin Meier, erschienen am 18. Mai 1997

Nachtschnellzug nach Chiasso, wo er es sich im Wartesaal bequem machte. Am Morgen danach die Heimreise
Richtung Norden. Seine Mahlzeiten bestanden aus reichlich Bier und Kaffi Schnaps, hie und da eine Suppe. Wädi
war ein sehr ruhiger Mensch, sass oft bei den Leuten am
runden Tisch und hörte zu. Er war wie so viele ein Einzelgänger. In seinen jungen Jahren kam Wädi gepflegt daher.
Verwahrloster wurde er erst mit den Jahren. Mit der Zeit
war er gesundheitlich stark angeschlagen. Irgendwann
war er so krank und schwach, dass ich nicht mehr zu-
schauen konnte. Eines Tages, als er wieder bei uns am
runden Tisch sass und eine kleine Pfütze unter dem Stuhl
sichtbar wurde, fragte ich ihn, ob ich nicht besser einen
Arzt rufen sollte. Er war einverstanden. Ich telefonier-
te mit dem Spital Schwyz. Die Antwort war ablehnend.
Leider könnten sie diesen Mann nicht aufnehmen, denn
ein Patient müsse von einem Hausarzt eingewiesen werden. Also probierte ich es beim Rettungsdienst 144 und
erhielt wieder eine Absage. Nun probierte ich es reihum
bei den Ärzten. Bei einem Arzt aus Arth hatte ich Erfolg.
Der Arzt erklärte sich bereit, Wädi soll zu ihm kommen.
Ich habe noch nie in meinem ganzen Leben so leuchten-
de Augen gesehen. Wädi war so froh über die Hilfe. Der
Arzt brachte ihn im eigenen Auto nach Schwyz, trotz der
nassen Hosen. Er wurde im Spital gut betreut, bekam ein
Bad und ein sauberes Nachthemd. Nach drei Tagen fuhr
Wädi dann mit dem GA in den Himmel. Lebe wohl.

Empfänge & Getuschel

Wann immer einer aus dem Kanton Schwyz ins Bundesparlament nach Bern gewählt wurde, fand der erste Empfang im Kanton in Goldau statt. Dort machte der Zug den ersten Zwischenhalt auf der Fahrt von Bern nach Schwyz. Ausgestiegen sind während meiner Zeit im Buffet unter anderem Josef Ulrich (Ständerat), Elisabeth Blunschy-Steiner (erste Schwyzer Nationalrätin und Nationalratspräsidentin), die erste Frau, die in Bern «etwas geworden» ist, und Franz Marty (Regierungsrat und «Vater» des Nationalen Finanzausgleichs). Im heutigen Wintergarten des Coops befand sich früher die Gartenwirtschaft des Buffets. Dort empfingen wir die frisch gewählten Politikerinnen und Politiker festlich und mit allen Ehren.

Überhaupt kehrten viele bekannte Gesichter bei uns ein. Ich erinnere mich an Wysel Gyr, Fernsehredaktor und -moderator und berühmt für sein Spezialgebiet, die Schweizerische Volksmusik. Ich denke zurück an die beliebte Fernsehmoderatorin Heidi Abel oder Kurt Felix, Moderator der legendären Sendung Teleboy, und viele Prominente mehr. Die anderen Gäste tuschelten und werweissten, ob es nun wirklich diese oder jene Person sei und waren ganz glücklich, ein Autogramm zu erhalten.

Gartenwirtschaft Buffet Arth-Goldau (Foto: Bruno Lienhard)

Mein Leben als Wirtin

Bachblüten trumpfen Arzt

Eine Frau hatte sich so arg an einem Stück Entrecôte verschluckt, dass weder auf den Rücken klopfen, Brot essen noch Wasser trinken halfen. Wir riefen einen Arzt um Hilfe, da sie schon ganz blau im Gesicht anlief. Ich hatte stets die Bachblüten-Notfalltropfen griffbereit. So kam ich auf die Idee, der Frau die Notfalltropfen zu verabreichen und, oh Wunder, die Frau entspannte sich und alles war wieder gut. Der Arzt kam vergebens, wir mussten ihn wohl oder übel wieder zurückschicken.

Bier, Business und Volumen

Als der Bierkeller des Buffets vor langer Zeit gebaut wurde, unterstützten zwei Brauereien das Buffet beim Bau finanziell. Daraus entstanden alte, aber gültige Verträge, dass Bier nur von den zwei beteiligten Brauereien, Eichhof Luzern und Wädenswiler Bier, geliefert wurde. Damit waren wir als Wirte verpflichtet, unser Bier von ihnen zu kaufen und dieses an die Gäste auszuschenken. Höchst umständlich wechselten wir jeden Monat das Bier und es gab immer Überschneidungen. Einige Gäste kamen den ganzen Monat nicht ins Buffet, wenn sie glaubten, dass ihr bevorzugtes Bier gerade nicht an der Reihe war. Nach einem Monat sassen sie prompt wieder im Lokal und waren überzeugt, dass ihr Bier nun wieder gezapft wurde. Dies stimmte allerdings nicht immer. In der Tat hatten wir stets Gläser mit Eichhof oder Wädenswiler Beschriftung zur Hand. Solange man das richtige Glas für den richtigen Gast benutzte, war alles in Ordnung und niemand hat jemals reklamiert. Ich selbst erinnere mich gerne an den Vertreter der Wädenswiler Brauerei zurück, drückte er mir doch jedes Mal einen glänzenden Fünfliber in die Hand.

Noch eine kleine Anmerkung bezüglich Bier: Der Bierschaum oder das hie und da überlaufende Glas dunklen und hellen Biers im Offenausschank bescherte uns täglich Bierreste. Diese sammelten sich im flachen Metallbecken direkt unter dem Zapfhahn. Bis am Abend kam stets eine anständige Menge zusammen. Schon seit meiner Schulzeit betrieben die Gebrüder Schmidig im alten Holzhäuschen auf dem Bahnhofplatz einen Coiffeursalon. Sie holten das Restbier verlässlich bei uns ab. Mit dem Abfallbier machten sie den Kundinnen nach altem Hausrezept eine Bierspülung, die eine grossartige Haarpracht versprach. Helles Bier für die Blondinnen und dunkles Bier für die Brünetten. Buffet-Bier für voluminöses Haar. Doch mit der Zeit war dunkles Bier im Offenausschank nicht mehr so gefragt und schliesslich gab es nur noch Pony-Bier. Geliefert und verkauft in kleinen Fläschchen blieben in der Konsequenz die Bierreste und damit die Lieferungen an den Coiffeur aus. Schade um die Haarpracht.

Kampf um die Saisonniers

Jedes Jahr aufs Neue war es ein Kampf, uns im Buffet-Jahresbetrieb mit Saisonniers durchzuschlagen. 1970 verabschiedete das Schweizer Stimmvolk die zweite Überfremdungsinitiative, die wegen ihres stärksten Verfechters als Schwarzenbach-Initiative in die Geschichte einging. Die Initianten forderten eine Beschränkung des Ausländeranteils auf zehn Prozent. Davon ausgenommen blieben die so genannten Saisonniers, die jährlich nicht länger als neun Monate und ohne Familie in der Schweiz arbeiten durften. Es war die letzte Abstimmung ohne Frauen in der Schweiz und die Schwarzenbach-Initiative wurde mit 54 Prozent Nein-Stimmen abgelehnt. Der Aufenthaltsstatus des Saisonniers hat sich in der Schweiz dennoch institutionalisiert, vor allem im Bau- und Gastgewerbe, so auch im Bahnhofbuffet Goldau.

Im dritten Stock des Bahnhofsgebäude hatte es zehn Zimmer für das Buffetpersonal. Zwei Zimmer waren zum Rossberg ausgerichtet, zwei Zimmer zur Rigi und sechs Zimmer nach vorne raus, Richtung Bahnhofplatz. Männer und Frauen wohnten hier. Die Anstellung von Saisonniers war gut, kamen sie doch immer mit viel Motivation und Energie in die Schweiz und arbeiteten drei Monate lang voller Tatendrang. Danach nahm die Motivation teilweise dramatisch ab. Es war schon hart für sie, wenn im Juli und August die ganzen Bauarbeiter nach Hause durften und die Kellner und Serviertöchter weiterarbeiten mussten. Der Sommer war für uns gar die intensivste Zeit. Der Betrieb während der Hochsaison erlaubte es uns nicht, den Angestellten Ferien zu gewähren. Einige Saisonniers versuchten etwas kreativer an Ferien ranzukommen. In Erstaunen versetzte mich die Bitte um Urlaub, wenn die gleiche Grossmutter bereits zum dritten Mal pünktlich im Juli verstarb. Die Heimreise zwecks Beerdigung der Grossmutter hätte den Saisonniers natürlich eine kleine Auszeit zurück im Heimatland beschert. Problematisch wurde es für unseren Betrieb, wenn sie sich einfach krank meldeten. Irgendwann mussten wir dem einen Riegel schieben. Dann schickten wir ein Telegramm Richtung Süden: «Letzter Termin, sonst müsst ihr nicht mehr kommen.» Schon bald waren sie wieder da.

Im Herbst und Frühling musste ich jeweils die nötigen Arbeitsbewilligungen für die Saisonniers einholen, so wollte es das Gesetz. Für mich war das stets eine Gratwanderung. Wurde eine Bewilligung nicht ausgestellt, nahmen wir die Arbeitenden trotzdem. Es waren Leute, die man kannte, die jedes Jahr wiederkamen. Wir hatten in all den Jahren den einen oder anderen Schwarzarbeiter. Ich kam mir immer wie eine Bettlerin vor, wenn ich nach Schwyz zum Arbeitsamt fahren musste. Als «Herren des Kontingents» lag es in ihren Händen, den letzten Segen zu geben und die Bewilligungen zu erteilen. Einmal, als wieder eine Bewilligung abgelehnt wurde und ich nach Schwyz fuhr, sagte mir ein junger Angestellter des Staates: «Wissen Sie, gute Frau, Ihr Betrieb hat volkswirtschaftlich gesehen absolut keine Bedeutung.» Zu dieser Zeit machten wir eine Million Franken Umsatz pro Jahr. Ich war platt und diese Aussage habe ich bis heute nie vergessen.

Bei den Saisonniers ging ein weit verbreitetes Gerücht um. Wenn man viele Kinder habe, dann bekomme man wegen den teuren Kinderzulagen, die der Arbeitgeber zu leisten hatte, keine Stelle. Bei der Bewerbung wurden die Kinder deshalb oft verschwiegen und die Angabe auf dem Papier schlicht vergessen. Sobald die Arbeit losging, tauchten plötzlich Kinder auf. In der Schweiz angekommen, fanden die Leute heraus, dass damals Arbeitnehmende pro Kind hundert Franken Kinderzulagen bekamen. Da waren die Kinder plötzlich präsent und wurden nicht mehr geheim gehalten. Eines Tages rief das Amt bei uns an und wollte mit einem spezifischen Angestellten sprechen. Als sie vom Amt ihn fragten, wie viele Kinder er habe, meinte er, er müsse zuerst nachschauen. Jasin, unser treuester Mitarbeiter hatte auch plötzlich fünf Kinder. Vorher waren es viele, viele Jahre lang immer nur deren zwei gewesen. Die Saisonniers hatten Angst, sie würden wegen der Kinder keine Arbeitsbewilligungen erhalten.

Mit der Sprache war das ebenfalls so eine Sache. Es gab ab und zu mal den Fall, dass einer der Saisonniers beim Polizeiposten vorbei musste. Wenn es soweit kam, so sprach er plötzlich kein Deutsch, nicht ein einziges Wort. In der Folge wurde ich als Chefin jeweils dazu gerufen und gebeten zu vermitteln. Ich wusste genau: Deutsch kann dieser Schlaumeier fliessend. Ja, da haben wir viel gelernt! Am Anfang war ich naiv, mit der Zeit hatte ich es aber raus.

Frisierte Arbeitspläne

Die Grösse des Betriebs war massgebend für die Anzahl Mitarbeitenden. Die Herausforderung bestand darin, dass wir von morgens um fünf bis spät in die Nacht hinein Betrieb hatten. Gearbeitet wurde in drei Schichten. Man durfte schon damals nur acht Stunden arbeiten, was einzuhalten in der Tat unmöglich war. Wir alle haben immer länger gearbeitet. Ich hatte «frisierte Arbeitspläne» für alle. Ruedi und ich arbeiteten sowieso am meisten, aber auch die Kellner hatten gute zehn bis zwölf Stunden Arbeit am Stück. Wenn jemand klagte, dann kam die Behörde vorbei. Das passierte mir zweimal. Am Schluss redete ich mich so raus, dass es funktionierte. Einmal hatten wir eine Serviertochter, die kein Mittagessen einnahm, weil sie dachte, sie könne dann eine Stunde früher gehen. Als Angestellte kann man das natürlich nicht allein entscheiden und so habe ich ihr gekündigt. Daraufhin klagte sie beim Amt auf eine willkürliche Kündigung. Der «Herr vom Kanton» kam vorbei und ich musste alles offen legen. Schlussendlich war das Amt dann allerdings auf unserer Seite. In den früheren Jahren nahmen es viele Betriebe mit den Ferienzulagen nicht so richtig ernst. Ich kann mich erinnern, dass meine Grossmutter mit dem Personal einmal um die Rigi fuhr und eine Runde Glace spendierte, statt Weihnachtsgeld zu bezahlen.

Unser Personal

Gut war, dass es stets tüchtige Aushilfen gab. Frau Gwerder beispielsweise machte immer vieles gleichzeitig möglich. Ihr gelang es, am gleichen Tag zu heuen, zu servieren und z'chriesne. Es ging jedoch auch anders. Eine Dame aus Goldau wollte bei uns als Serviertochter aushelfen. Beim Bewerbungsgespräch fragte ich: «Wann können Sie denn arbeiten?», «Am Abend nicht, am Morgen schlecht, am Mittwoch nicht, am Freitag schlecht.» Nun wollte ich es doch etwas genauer wissen und fragte umgekehrt, wann sie denn arbeiten könne. «Ich glaube nie», und so ging sie wieder.

Eine unserer treuesten und besten Mitarbeiterinnen war eine Tamilin. Ich weiss nicht, wie wir zu ihr kamen, ob sie uns empfohlen wurde oder sie sich auf ein Inserat gemeldet hat. Ich sass im Büro, vom Tresen her gesehen den Gang runter, ganz hinten zwischen meinen Ordnern. Es hiess, die Dame sei da, um sich vorzustellen. Ich ging nach vorne und erkannte, es ist eine Schwarze. Wirte mussten damals tatsächlich darauf achten, woher ihr Personal stammte. Denn unterschiedliche Nationalitäten waren ein Herd für Probleme im Betrieb, zwischen dem Personal oder mit den Gästen. Am Anfang meiner Buffetzeit war ein Jugoslawe noch ein Jugoslawe, später, mit der Auflösung Jugoslawiens, wurde es komplizierter. Einmal hatten wir eine Serviertochter, die hat mit keinem Menschen einer anderen Nationalität gesprochen. So kann man natürlich nicht arbeiten, das geht nicht. Mit der Zeit lernten wir genau, welche Nationalitäten gut zusammen arbeiteten. Wenn man beispielsweise einen albanischen Mitarbeiter hatte, kamen automatisch auch mehr albanische Gäste. Das gab immer eine Folgereaktion. Das Gleiche galt, wenn wir eine hübsche Serviertochter hatten, das zog einen Rattenschwanz an Männern nach sich. Früher, noch zu Zeiten meines Vaters, hatten wir über den Winter die Urner Meitschi. Das waren oft rassige Mädchen, das hat man schon gemerkt. Es kam vor, dass unsere Gäste, allen voran die Lokführer, unser Personal weg heiratete. Viele unserer Serviertöchter liessen sich mit einem Bähnler trauen, einem Kondukteur oder eben einem Lokführer. Letztere waren besonders begehrt, denn sie hatten den grösseren Lohn. Wenn sich ein Mädchen sogar einen Beamten schnappte, einer von der Station, dann war sie fürs Leben gut versorgt. Viele der Urner Meitschi hatten sich auf diese Weise sichere Existenzen aufgebaut. Und wir, wir durften wieder neues Personal suchen.

Der falsche Tag

Eines Tages um die Mittagszeit stand ein Jodlerclub mit dreissig Leuten aus dem Berner Oberland im Restaurant, um bei uns das bestellte Menü einzunehmen. Reserviert hätten sie, nur leider hatten wir in unserer Agenda ein falsches Datum notiert. Nun hiess es für uns zu improvisieren. In aller Eile wurden Tische zusammengestellt, aufgedeckt und die Küche lieferte trotz des Missverständnisses ein gutes Mittagessen. Die Gäste waren zufrieden und konnten rechtzeitig weiterfahren. Hand in Hand packten wir an. Reden oder zu lange überlegen gab es in solchen Situationen nicht, es gab nur handeln. Ich sprang immer da ein, wo es gerade nötig war. Wenn der Kellner mit Abräumen nicht nachkam, trug ich Teller und Tassen hinaus. Gingen die Kaffeetassen aus, wusch ich die gebrauchten ab. Wenn eine Gruppe Gäste kam und zwölf Coupes Dänemark auf einmal bestellte, kamen wir an unsere «Geschirr-Grenzen». Das Improvisieren gehörte für uns und unser Personal zum Alltag.

Der grosse Umbau

Wenn Milchmann Zyswiler die frische Milch in den grossen silbernen Kesseln brachte, schickten wir sie mit dem Lift in die Küche im ersten Stock hoch. Zyswiler musste die Treppe nehmen und dann die Kessel bis ganz ans Ende des bestimmt fünfzig Meter langen Ganges tragen und dort im Kühlraum abstellen. Wenn wir während des Tagesbetriebs unten Milch benötigten, telefonierten wir hoch in die Küche. Einer der Kellner musste dann einen Kessel hinten aus dem Kühlraum holen, den gesamten Gang nach vorne transportieren, in den Lift bugsieren und im Erdgeschoss wiederum nach hinten in den Kühlschrank tragen. Das alte Buffet wurde, was die Arbeitsabläufe anbelangt, teilweise wirklich kontraproduktiv gebaut. Die Lage des Kühlraums und der ganzen Küche im ersten Stock waren sinnbildlich und typische Beispiele, was man durch einen Umbau positiv hätte ändern können.

Als der Umbau im Jahr 1982 von der SBB beschlossen wurde, konnten wir bei den Plänen etwas mitreden. Trotzdem realisierten die SBB, was sie wollten und wie sich herausstellte, war es nicht das, was wir uns gewünscht hatten. Die Million Franken floss in die Restaurierung der historischen Decke und die Anschaffung neuer Lampen. Riesige und wahnsinnig schwere Designerlampen. Diese waren zwar schön, doch konnten wir die Leuchtstäbe nicht selbstständig auswechseln und mussten jeweils jemanden von den SBB dafür aufbieten. Ich hatte zugegebenermassen etwas Angst vor den grossen Leuchtern, sass nie an einem der Tische direkt darunter. Ich dachte mir immer: «Mein Gott, wo die befestigt sind!», denn der Bahnhof ist ein altes Gebäude mit entsprechender Decke und Verputz. Wir haben uns später über die Lampen lustig gemacht. Wir sollten eine solche Lampe abmontieren und dem Architekten, der in der Zwischenzeit gestorben ist, aufs Grab stellen. Vom Anschauen her war das neue Buffet schön, doch in Sachen Arbeitserleichterung hat uns der Umbau nichts gebracht. Küche und Kühlraum blieben identisch.

Für die Zeit des Umbaus stellten wir uns die Frage, was wir mit dem Personal machen und wie wir die Löhne bezahlen sollten. Als Lösung beschlossen wir, die Gäste vorübergehend im Saal zu bewirten. Dies gelang uns gut. Die Küche befand sich ja seit jeher im ersten Stock und war vom Umbau nicht betroffen. Die Kasse platzierten wir in der alten Telefonkabine und so konnte es losgehen. Der Saal war eigentlich immer voll besetzt und wir konnten fast den gleichen Umsatz erreichen wie zu Zeiten des Normalbetriebes. Die Gäste meinten, es gehe hier zu wie im Wilden Westen. Doch sie fühlten sich wohl.

Einmal gönnten wir uns zwei Tage Auszeit und reisten nach Mailand. Wir waren froh, weit weg vom Baulärm zu sein. Doch morgens um sechs Uhr wurden wir unsanft aufgeweckt. Unser Hotel befand sich leider dicht neben einer Baustelle. Doch schlussendlich war der Umbau fertig und wir erhielten ein neues schönes Buffet. Danke.

Buffet vor dem Umbau (Fotos: Privatarchiv)

Buffet nach dem Umbau (Fotos: SBB Historic)

Eine Geschichte aus der Kindheit

Der Gotthard spielte während des Zweiten Weltkrieges eine zentrale Rolle, sowohl in wirtschaftlicher wie auch in politischer Hinsicht. Während der letzten Kriegsjahre wurden Güter von Deutschland nach Italien transportiert. Viele Züge, gefüllt mit Kohle, Kartoffeln und Getreide, passierten den Bahnhof Goldau in Richtung Süden. Mit dem Ende des Zweiten Weltkrieges 1945 behielt die Nord-Süd-Achse weiterhin ihre Bedeutung im weltpolitischen Gefüge. Statt Getreide von Nord nach Süd, wurden nun verletzte Soldaten der Alliierten von Süd nach Nord transportiert. Im ersten Jahr nach dem Krieg war ich knapp sieben Jahre alt. Am Bahnhof Arth-Goldau fuhren viele Züge voller Kriegsverwundeter aus Italien durch. In Goldau machten sie jeweils einen längeren Zwischenhalt, bevor sie weiter nach Deutschland transportiert wurden, von wo aus der Heimflug nach Amerika organisiert war. Es waren lange Züge, einen Verwundeten nach dem anderen sahen wir. Die Insassen waren bandagiert, rund um den Kopf weisse Leinentücher, an Krücken, mit fehlenden Gliedmassen. Die Soldaten schauten natürlich zum Fenster heraus, einige von ihnen stiegen gar aus. Wir wussten immer, wann die Züge kamen, woher, das weiss ich bis heute nicht. Auf jeden Fall sprangen wir als Schulkinder immer den Zügen entlang und bekamen von den Verletzten Kaugummis in farbigen Papieren. Es gab Orange- und Pfefferminz-Kaugummis, Geschmacksrichtungen, die man bei uns gar nicht kannte. In der Schule tauschten wir die Kaugummis und die farbigen Papiere auf dem Pausenplatz untereinander. Das Ziel war, dass man von jeder Sorte mindestens ein Stück in seinen Besitz brachte. Eine ganze Traube Kinder hing jeweils um die Züge rum. Diese Gestalten machten einen unheimlichen Eindruck auf uns. Ja, wir hatten fast Angst. Ich sehe es heute noch vor meinen Augen, diese gefüllten Züge, oftmals Schlafzüge mit Liegebetten, bis oben voll mit Verwundeten. Ich glaube in Goldau wurden sie mit Essen und frischem Wasser ausgerüstet. Wir Kinder mit Kaugummis und farbigen Papieren.

Der Abschluss

Am 29. Dezember 2000 berichtete die Sendung SRF Schweiz Aktuell: «Ein Stück Eisenbahngeschichte geht zu Ende.» Im Beitrag ging es um das über 100-jährige Bahnhofbuffet Arth-Goldau, das seine Tore schloss. Nach der vierten Generation der Familie Simon im Buffet sagte ich damals gegenüber dem Reporter, ich sei froh um die Schliessung. Etwa zwei Jahre später kam mir ab und zu der Wunsch, ich hätte das Buffet in Eigenregie weiterführen sollen. Ein Durchstieren wäre das gewesen, finde ich jetzt. Heute sitze ich da am Küchentisch in meiner Wohnung in Küssnacht, direkt über der Post, die perfekte Lage, um Anfang Dezember das Chlausjagen zu bestaunen. Wenn ich ans Buffet denke, finde ich, dass das Positive stets überwogen hat. Klar, es gab viel Negatives, die Drögeler und die Schüler haben immer mal wieder Probleme gemacht. In den Gängen der Dreck. Mit den stetigen Neuerungen im SBB-Fahrplan wurden die Aufenthalte an den Bahnhöfen immer kürzer, bis es schliesslich nicht mehr zu ausgiebigen Besuchen im Buffet reichte. Am

Bahnhof Arth-Goldau blieben die Leute vor allem dann, wenn der Cisalpino Verspätung hatte, was immerhin relativ oft der Fall war. Der alte Glanz von früher verblasste langsam. Und doch: Nach der Schliessung vermisste ich rasch die sozialen Kontakte. Genauso ging es auch den Stammgästen, die schon sehr enttäuscht waren und dem Buffet lange Zeit nachtrauerten. Viele Jahre waren sie im Buffet ein- und ausgegangen. Sie konnten sich damals nicht vorstellen, dass es je geschlossen werden könnte. Am allerletzten Tag im Buffet verteilte ich Rosen an die Gäste. Eine «Austrinkete» gab es nicht. Wir fingen normal an, wir hörten normal auf.

Eine Buffet-Dynastie geht zu Ende

Kommenden Samstag schliesst das Bahnhofbuffet Arth-Goldau endgültig

Was schon vor längerer Zeit publik wurde, wird am kommenden Samstag Tatsache: Das Bahnhofbuffet SBB Arth-Goldau stellt den Betrieb endgültig ein. Gleichzeitig geht eine Buffet-Dynastie zu Ende.

-k- Übermorgen Samstag, den 30. Dezember, schlägt für das Bahnhofbuffet SBB im Bahnhof Arth-Goldau die letzte Stunde. An diesem Tag fliesst das letzte Bier aus dem Zapfhahn, wird der letzte Schoppen Wein genossen, das letzte Menu serviert. Mit der Schliessung des traditionsreichen Restaurationsbetriebes geht auch die Buffet-Dynastie Simon zu Ende. 118 Jahre sind es her, als 1882 Carl und Margaretha Simon-Gschwend das Buffet in Arth-Goldau übernahmen, um 1897 in das grosse Buffet im neuen Bahnhofgebäude einzuziehen. Es war ein Markstein in den Annalen des Buffets. Damals wurde der heutige Keilbahnhof, dessen Äusseres sich seither zwar etwas verändert hat, fertig gestellt, und mit den Beamten konnte vom 4. auf den 5. Mai auch die Familie Simon über die Schienen zügeln, liest sich aus einer früheren Chronik. Der Familienname Simon sollte seither mit dem Buffet dauernd verbunden bleiben, das heisst: es wurde bis heute, und damit bis zur Schliessung, von den Nachkommen weitergeführt; vorerst von den Brüdern August Simon-Scherrer und Edwin Simon-Lottenbach. Letzterer war nicht nur bekannt als Wirt, sondern auch als Politiker, Bergsturz-Historiker und Gründer des Bergsturzmuseums. Ihm folgte Berta Simon-Amberg, die zusammen mit ihrem – 1959 verstorbenen – Gatten August Simon das Bahnhofbuffet weiter betreute, stets in Zusammenarbeit mit Oskar Simon-Schneider, dessen Gattin Heidy in Stosszeiten immer wieder im Betrieb aushalf. 1978 übergab Berta Simon das Buffet ihrem Schwiegersohn Rudolf und dessen Ehefrau Silvia Steffen-Simon, womit die Familientradition ihre Fortsetzung nahm und am kommenden Samstag nun ihren Abschluss findet.

Viel Prominenz im Buffet

Blättert man in alten Erinnerungen zurück, taucht im Verlauf der Jahrzehnte unter den Buffetgästen einiges an Prominenz auf. Nebst Stände-, National-, Kantons-, Bezirks- und Gemeinderäten zählte in der Ära von Edwin Simon der mit der Innerschweiz eng verbundene Bundesrat Dr. Philipp Etter zu seinen Rätefreunden. Edwin Simon machte selbst mit dem einst weltberühmten deutschen Meisterchirurgen Professor Dr. Sauerbruch Bekanntschaft, und ein andermal kehrte die zur damaligen Zeit viel genannte Dichterin Isabella Kaiser im Buffet ein. Bekannte Gäste, an die sich die abtretende Wirtin Silvia Steffen erinnern kann, sind Wisel Gyr, Heidi Abel, die Sängerin Paola oder die Astrologin Elisabeth Teissier. Abgesehen von den Grossen, gaben teilweise auch legendäre Stammgäste im

Als Letzte der 118-jährigen Buffet-Dynastie Simon verabschiedet sich am kommenden Samstag das Pächter-Ehepaar Silvia und Rudolf Steffen-Simon.

Buffet ihre Visitenkarte ab, ganz zu schweigen von den treuen Stammgästen, die sich hier in vertrauter Atmosphäre wohl fühlten, ob sie nun zu einem kurzen Drink oder Kaffee mit Gipfeli einkehrten. Ja, es gäbe ein ganzes Buch zu schreiben, würde man die 118 Jahre Buffetgeschichte im Detail Revue passieren lassen.

Einstweilen ein Provisorium

Wenn auch die 118-jährige Ära mit kommenden Samstag zu Ende geht, lassen die SBB die Kundschaft nicht ganz im «Trockenen» stehen. Über das Manko soll eine Provisorium hinweg helfen. Dieses wird vom neuen Mieter Buffet «Alimentana AG Ebikon» als kleines Bistro im Eingangs-

raum Süd zum Buffet eingerichtet. Dafür werden vom Aperto her die bestehenden Durchgänge aufgemacht und das Aperto angepasst. Alimentana wird versuchen, das Provisorium bis 15. Januar 2001 wieder zu öffnen. Es sollen dort warme und kalte Getränke, Sandwich und auch warme Speisen erhältlich sein. Erst in der zweiten Jahreshälfte 2001 ist ein Umbau der bisherigen Räumlichkeiten sowie der heutigen alten Pächterwohnungen im Obergeschoss vorgesehen. Dem scheidenden Buffet-Wirtepaar Rudolf und Silvia Steffen-Simon sei an dieser Stelle für die stets konziliante und gastfreundliche Führung des Bahnhofbuffets herzlich gedankt, verbunden mit dem Wunsch für einen angenehmen und verdienten Ruhestand.

Artikel über die Buffetschliessung in der *RigiPost* von Albert Kraft, erschienen am 28. Dezember 2000

Nachtrag

Mit dem technischen Fortschritt der Eisenbahn dachte man in Europa rasch daran, eine Nord-Süd-Verbindung zu bauen. Auf Drängen Deutschlands und Italiens sowie bautechnisch günstigen Bedingungen wurde unter diversen Varianten 1869 die Gotthardlinie ausgewählt. Ein Tunnel von Oberarth bis nach Steinen sollte dafür sorgen, dass die Gleise nicht durch das Bergsturzgebiet führten. Ein Bahnhof Arth-Goldau war in der ursprünglichen Planung eigentlich gar nie vorgesehen. Doch aufgrund grosser finanzieller und geologischer Herausforderungen stellte sich der Bau eines Tunnels als nicht realisierbar heraus und so wurde in Goldau das allererste Stationsgebäude der Gotthardlinie erstellt. Am 1. Juni 1882 wurde die Gotthardbahn eröffnet und Carl Simon, der Urgrossvater von Silvia, übernahm das Buffet Arth-Goldau. Noch zu Lebzeiten zog sich Carl als Buffetier zurück und seine Söhne, die Gebrüder August Senior und Edwin Simon traten die Nachfolge an.

In der dritten Generation Simon übernahm August

Junior den Buffetbetrieb. Am 8. August 1947 brannte das oberste Stockwerk des Bahnhofs Arth-Goldau lichterloh. Das anschliessend wieder aufgebaute Dach besteht bis heute. Erst Jahre später, zwischen 1982 und 1985, also zu der Zeit von Silvia und Rudolf Steffen-Simon, wurde das Bahnhofsgebäude umgebaut und renoviert. 15 Jahre später wurden die Türen des Bahnhofbuffets Arth-Goldau und der renovierten Räumlichkeiten für immer geschlossen.

Silvia Simon kam kurz nach Kriegsbeginn, am 6. September 1939, zur Welt. Zusammen mit dem sechs Jahre jüngeren Bruder Roland wuchs sie in Goldau auf und besuchte dort die Schule. Sie war durch und durch eine Goldauerin. Später in ihrem Leben sagt sie, wo auch immer sie die Rigi nicht sehe, könne sie nicht glücklich sein. Silvia verbrachte als Jugendliche und junge Erwachsene viel Zeit in der Romandie, in England und in Italien. Für ihren Vater August Simon Junior waren Sprachen immer wichtig. Silvia absolvierte die Hotelfachschule und stieg schon bald ins elterliche Buffetiergeschäft Arth-Goldau ein, da der Vater früh krank wurde. Nach seinem Tod übernahm Silvias Mutter Berta Simon-Amberg die Leitung des Bahnhofbuffets. Viele aus der grossen Verwandtschaft wollten mitregieren und so zog sich Silvia vermehrt aus dem Tagesgeschäft zurück, blieb dem Buffet aber weiterhin verbunden. Berta Simon wurde fortan vom Cousin ihres Mannes, Oskar Simon, genannt «O», und seiner Frau Heidi unterstützt. Als die AHV kam, ging O in Pension.

Rudolf Steffen, genannt Ruedi, kam am 20. Juni 1933 in Küssnacht am Rigi zur Welt und besuchte dort die Schule. Nach einem Jahr in der Westschweiz besuchte er die Frei's Handelsschule in Luzern und, genau wie Silvia, die Hotelfachschule. Ruedi und Silvia lernten sich per Zufall an der Fasnacht in Küssnacht kennen. Zusammen mit ihren Eltern sass Silvia im Hotel Adler zu Tisch, als Ruedi auf sie zukam und sie zum Tanz bat. Die zwei tanzten und gingen weiter an die Fasnacht und, später dann, zusammen Skifahren. Nach der Heirat bezog das junge Paar in Goldau eine Wohnung und bekam zwei Kinder, Peter und Karin. Später zog die Familie nach Küssnacht. Nach diversen Anstellungen als Kellner erwarb Ruedi beim Belvoirpark in Zürich den Fachausweis als Chef de Service. Damit taten sich viele Möglichkeiten auf, darunter war ein gutes Angebot in Kloten. Doch eben, wo man die Rigi nicht sah, da konnte man nicht glücklich sein. Nach Oskar Simons Pensionierung stiegen Silvia und Ruedi deshalb wieder ins Buffet ein. 1978 wurde ihnen die Leitung des Buffets offiziell von den SBB übertragen. Während der folgenden 22 Jahre betrieben die beiden das Bahnhofbuffet Arth-Goldau zum Wohle der Gäste. Was bleibt sind 22 Jahre voller Erinnerungen.

Patricia, Ursina & Silvana Steffen

Zeitlicher Kontext

1869 — Gotthardvertrag zur Verbindung Nord-Süd

1882 — Betriebseröffnung Bahnhof Arth-Goldau:
Carl Simon eröffnet das Bahnhofbuffet

1945 — Ende 2. Weltkrieg
1947 — Brand im Bahnhofbuffet

1978 — Silvia und Ruedi Steffen-Simon übernehmen das Buffet
1980 — Attentat in Bologna

1982-85 — Umbau und Renovation Bahnhofsgebäude

1988 — Umbau und Renovation Bahnhofbuffet

1999 — Orkan Lothar
2000 — Letzter offener Tag Bahnhofbuffet

Stammbaum

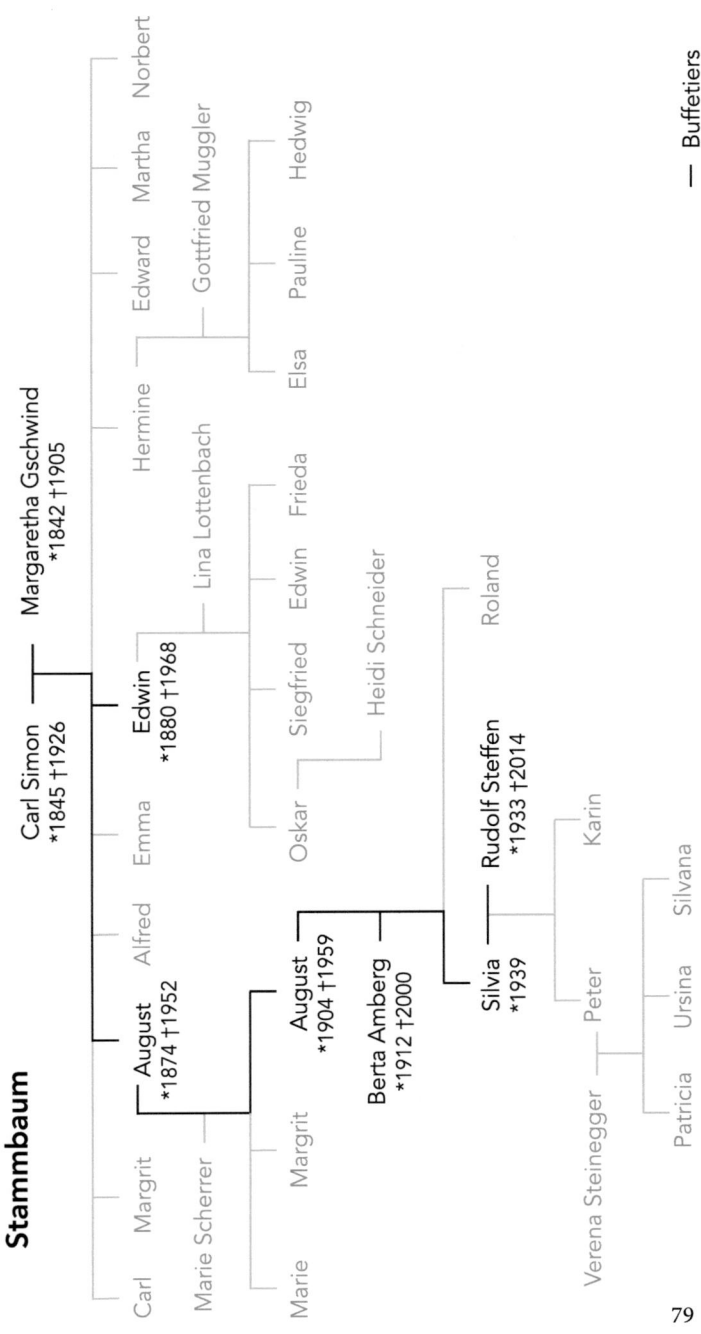

Carl Simon
*1845 †1926

Margaretha Gschwind
*1842 †1905

Carl Margrit

Marie Scherrer

Marie

Margrit

August
*1874 †1952

Alfred

Emma

Edwin
*1880 †1968

Hermine

Edward Martha Norbert

Gottfried Muggler

Elsa Pauline Hedwig

Lina Lottenbach

Siegfried Edwin Frieda

Oskar

Heidi Schneider

Roland

August
*1904 †1959

Berta Amberg
*1912 †2000

Silvia
*1939

Rudolf Steffen
*1933 †2014

Verena Steinegger

Peter Karin

Patricia Ursina Silvana

— Buffetiers

Dank

Wir danken Bruno Lienhard, SBB Historic und dem Männerchor Goldau für das Zurverfügungstellen der Fotos.

Ruth Oswald danken wir für das Lektorat und unserer Familie und unseren Freunden für die hilfreichen Rückmeldungen während der letzten Monate.

Wir danken folgenden Unterstützern:
- Bezirk Schwyz
- Gemeinde Arth
- Karl Bucher AG
- Kulturförderung Kanton Schwyz
- Panduro Immo AG
- Rigi Bahnen AG
- Roman Föry
- Schwyzer Kantonalbank
- Victorinox AG
- Wilhelm Schmidlin AG
- Weitere Privatpersonen

Wir danken unserem Somami, dass du die Geschichten für uns aufgeschrieben hast und wir sie teilen dürfen. Wir sind stolz, deine Grosskinder zu sein.

Patricia, Ursina und Silvana Steffen